DISCARDED

El pez arco iris y sus amigos

EL PEZ COPIÓN

BASADO EN LA FAMOSA SERIE DE MARCUS PFISTER

El pez arco iris y sus amigos

Este libro
es de

_____

El pez arco iris y sus amigos

EL PEZ COPIÓN

ESCRITO POR GAIL DONOVAN
TRADUCIDO POR GERARDO GAMBOLINI
ILUSTRADO POR DAVID AUSTIN CLAR STUDIO

Night Sky Books
New York • London

El nuevo año escolar estaba a punto de comenzar, y el pez arco iris y sus amigos esperaban entusiasmados, nadando en círculos.

—¡Atención, por favor! —dijo la Señorita Pulpo—. Entren a la cueva cuando los nombre, así empezamos. ¿Pez arco iris?

—¡Presente! —respondió el pez arco iris, dando su voltereta favorita al pasar delante de la maestra.

A medida que la Señorita Pulpo pasaba lista, Dina, Lito, Perla, Pincho, Rizo, Rosa y Zito entraron a la cueva de la escuela.

—¿Y Remo? —preguntó la Señorita Pulpo.

Juntando valor, Remo entró dando una voltereta, como había hecho el pez arco iris.

—¡Aquí estoy! —exclamó, tropezándose con la maestra.

—Ya veo —dijo la Señorita Pulpo con una sonrisa.

"¡Pero ésa es *mi* pirueta!", pensó el pez arco iris.

La Señorita Pulpo les indicó en seguida la primera tarea. Los más pequeños de la clase debían clasificar conchas marinas y ordenarlas en hilera, desde ostras diminutas hasta almejas gigantes. En cambio los más grandes debían contar guijarros y separarlos en montones de a diez.

Al pez arco iris se le ocurrió una idea. Contó diez guijarros y los ordenó en triángulo. Después contó otros diez y formó un cuadrado. Hacer figuras era más divertido que amontonarlos, y de todas maneras estaba haciendo su tarea.

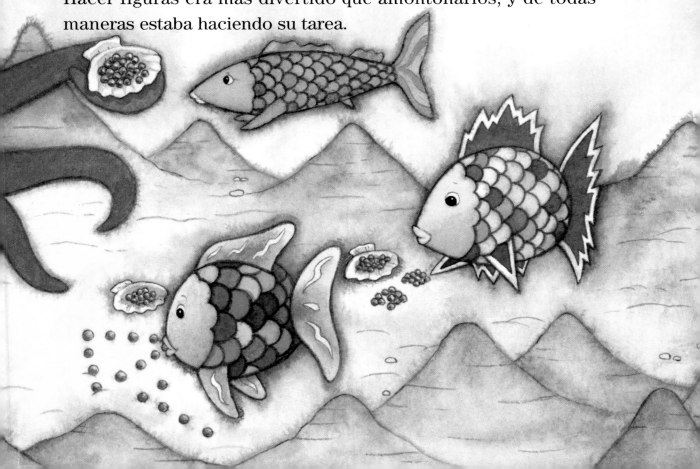

Remo vio lo que hacían los peces grandes. Y como las figuras del pez arco iris parecían más divertidas que su hilera de conchas marinas, él también empezó a ponerlas en círculo.

—¡Oye! —exclamó Lito—. ¡Eso no es lo que debes hacer!

—Remo —le dijo la Señorita Pulpo—. Debes hacer una línea recta con las conchas. Después la mediremos. La próxima vez, presta atención a tu propia tarea.

A la hora del almuerzo, la Señorita Pulpo les ofreció algas y krill. El pez arco iris eligió algas y se alejó para que Remo no pudiera ver lo que había escogido.

—Yo quiero lo mismo que el pez arco iris —dijo Remo.

—¡Parece que tenemos un copión! —comentó Pincho con una sonrisa.

El pez arco iris dio media vuelta y regresó rápidamente.

—Cambié de idea —dijo—. Quiero krill.

—Yo también —dijo Remo de inmediato—. Yo también quiero krill.

—Todos comeremos algas —anunció la Señorita Pulpo apartando las algas—. La próxima vez, cada uno elegirá por sí mismo.

—¡Atención! —dijo la Señorita Pulpo—. Esta tarde vamos a hacer un jardín. Los he dividido en equipos. Rosa, Pincho y Rizo se ocuparán de cavar. Lito y Dina pasarán el rastrillo. Perla y Zito harán el cantero. Remo y el pez arco iris se encargarán de las algas.

El pez arco iris no podía creer su mala suerte. ¡La Señorita Pulpo lo había puesto a trabajar con el copión!

Remo no paraba de hacerle preguntas al pez arco iris: "¿Qué vamos a plantar primero? ¿Dónde vamos a plantar las algas?"

El pez arco iris no tenía forma de ocultar lo que hacía. Tampoco tenía forma de ocultarse. Se sentía atrapado. Tratando de ignorar a Remo, plantaba las algas en cualquier hoyo. En ese momento le hubiera gustado plantar a Remo también en uno de los hoyos.

—¿Qué hago? —preguntó Remo, sin apartarse de su lado.

—¡Haz lo que quieras! —le gritó el pez arco iris—. ¡Pero hazlo a tu modo y yo lo haré al mío!

Remo se alejó con tristeza. Pero al poco tiempo se dio vuelta y regresó.

—Tú siempre haces las cosas de una manera más divertida que los demás —dijo—. Por eso te copio.

—¡A ti tampoco te gustaría si alguien copia todo lo que haces! —gritó el pez arco iris.

—No lo sé —dijo Remo—. Creo que es divertido hacer cosas juntos. Cuando sea grande y los más pequeños me copien, creo que me va a gustar.

El pez arco iris se sintió confundido. Estaba enojado con Remo, pero también entendía lo que había querido decir su compañero. No supo qué hacer. Miró el jardín y se dio cuenta de que había hecho...¡un gran desastre!

—¡Qué horrible se ve! —exclamó.

—Espera un minuto —dijo Remo—. Tengo una idea. ¿Qué te parece si ponemos las altas atrás y las bajas adelante, como cuando ordenamos las conchas marinas?

—¡Qué buena idea! —dijo el pez arco iris.

Al final del día, la Señorita Pulpo dijo que se sentía muy orgullosa por el hermoso jardín que habían hecho entre todos.

El pez arco iris se puso tan contento por el nuevo jardín, que se alejó dando su voltereta a modo de despedida.

Todos lo siguieron, admirando el trabajo que habían realizado.

Remo iba último y se sentía muy contento porque al pez arco iris le había gustado su idea. Para demostrar su alegría zigzagueó entre los otros peces. Fue tan divertido que lo hizo una vez más... ¡ZIGZAG! ¡ZIGZAG!

—¡Excelente maniobra! —gritó Pincho.

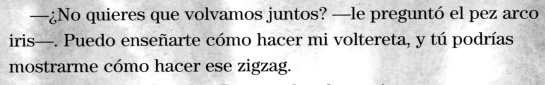

—¿No quieres que volvamos juntos? —le preguntó el pez arco iris—. Puedo enseñarte cómo hacer mi voltereta, y tú podrías mostrarme cómo hacer ese zigzag.

—¡Claro que sí! —dijo Remo, y los dos amigos regresaron a casa nadando juntos.